Charlotte Niese
Die falschen Weihnachtsbäume

Charlotte NieseAutor
Die falschen Weinachtsbäume

1.Aufl.
Taschenbuch – Literatur - Klassiker
Herausgeber Frank Weber, Marburg
Bibliografische Information der Deutschen Nationalbibliothek:
Die Deutsche Nationalbibliothek verzeichnet diese Publikation in der
Deutschen Nationalbibliografie; detaillierte bibliografische Daten sind im
Internet abrufbar über http://dnb.dnb.de
© 2021 Charlotte Niese
ISBN: 9783754324660
Herstellung und Verlag: BoD – Books on Demand, Norderstedt

Inhalt

Charlotte Niese

Die falschen Weihnachtsbäume

Auf unsrer Insel gab es wenig Bäume. So wenig, daß das Brennholz weither über das Wasser geholt werden mußte, und daß viele der Inselbewohner niemals einen Wald gesehen hatten. Auch die Tannenbäume waren ein seltner Artikel, was uns als Kinder immer sehr aufregte. Denn wenn es gegen die Weihnachtszeit ging, tauchten immer wieder die Zweifel auf, ob wir wohl einen wirklichen oder einen falschen Tannenbaum am heiligen Abend bekämen. Einen wirklichen Tannenbaum, der im Walde gewachsen war, und in dessen Zweigen die Vögel gesungen hatten, oder einen falschen, der in der Werkstatt des Meister Ahrens das Licht der Welt erblickt hatte.

Meister Ahrens war unser Tischler. Er sah alt aus und hatte einen sehr kahlen Kopf, aber wir hatten ihn gern, besonders wenn er nicht immer von seinem guten Herzen sprach. Das langweilte uns, weil wir es eigentlich für selbstverständlich hielten, daß man ein gutes Herz haben müsse.

Ahrens kam oft zu uns. In unsrer Kinderstube ging aller Augenblicke etwas auseinander, was eigentlich zusammengehörte, und Meister Ahrens erschien dann mit seinem Leimtopf, sagte, er hätte ein gutes Herz, und klebte alles wieder zusammen. Wir halfen ihm natürlich und drängten uns um die Ehre, in seinem klebrigen Topf dreimal herumrühren zu dürfen; aber seine Tannenbäume konnten wir nicht leiden. Das kam wahrscheinlich daher, weil wir sie schon so lange vorher sahen. Schon im Frühjahr arbeitete

Ahrens an langen Weißen Stöcken, in die er Löcher bohrte; im August und September malte er diese Stöcke mit grasgrüner Ölfarbe an und trocknete sie vor seiner Haustür. Später sahen wir sie zusammengebunden in seiner Werkstatt liegen, bis der Dezember ins Land zog. Dann verschaffte er sich Tannenzweige, steckte diese in die Löcher der grünen Stöcke und betrieb einen schwunghaften Handel mit Tannenbäumen. Auch uns bot er immer von seinem Fabrikat an, aber obgleich wir nicht leugnen konnten, daß seine Bäume schließlich sehr nett aussahen, so verhielten wir uns meist ablehnend. »Sie sind so billig,« sagte Ahrens eines Tages zu uns, als wir ihn einer Bestellung wegen in seiner Werkstatt besuchten, und er gerade einen grünen Stock etwas nachmalte.

»Wir wollen sie doch nicht!« erwiderte mein Bruder Jürgen, der in seinen Aussprüchen oft sehr bestimmt war. »Ich mag keinen falschen Tannenbaum!«

»Falsch! Du lieber Gott, wasn Wort!« Ahrens sah beleidigt aus. »Da is nich die geringste Falschheit bei! Meine Tannenbäumens sind feiner als die natürlichen, kann ich dich sagen, mein Junge! An die natürlichen is oft Smutz und Erde, und bei mich is bloß die reine Ölfarbe!«

»Wo bekommst du eigentlich die Tannenzweige her?« fragten wir.

Der alte Tischler machte ein wichtiges Gesicht. »Aus 'n Wald, aus 'n richtigen Tannwald, wo die Vögelns singen, und wo soviel Bäumens stehn, daß man mannichmal keine Luft kriegen kann!«

»Wo liegt der Wald, und wer holt dir die Tannenzweige?«
Wir waren dem Tischler doch näher gerückt und sahen ihn gespannt an. Aber er zuckte die Achseln. »Ja, das möcht ihr wohl wissen! Das sag ich abersten nich – nee, das sag ich nich!«

Auf diese Art umgab Meister Ahrens seine Bäume mit dem Nimbus des Geheimnisvollen, und dadurch gewannen sie natürlich in unsern Augen.

Es war schon ziemlich nahe vor Weihnachten, und wir sprachen eigentlich von nichts anderm als von dem bevorstehenden Feste. Endlos lange Wunschzettel waren geschrieben: hin und wieder wurde eine Träne über eine völlig mißglückte Weihnachtsarbeit vergossen, oder wir schmiedeten Pläne, was wir noch verschenken wollten. Manchmal ging die Zeit entsetzlich langsam und manchmal unheimlich schnell dahin, und unsre Lehrer beklagten sich über unsre Zerstreutheit.

Es war an einem Morgen im Dezember, daß ich zu Meister Ahrens geschickt wurde, um ihn samt seinem Leimtopfe zu uns einzuladen. Unsre Kinderstubeneinrichtung hatte durch eine längere lebhafte Unterhaltung der ältern Brüder stark gelitten, und Ahrens sollte gleich kommen. Vergnügt polterte ich die enge Treppe zu seiner Werkstatt hinauf, konnte aber nicht bis auf die letzte Stufe kommen, weil dort ein Kind stand, auf das der alte Tischler eifrig einsprach.

»Ich muß die Zweigens haben, und Vater muß herüber und sie holen!«
»Vater is bang!« lautete die schüchterne Erwiderung.

9

»I, was sollt Vater woll bang sein; er muß los – sonsten klag ich ihm ein, wo er mich doch Geld schuldig is! Ohne die Zweigens kann ich ja nix machen, und das Geschäft mit die Bäumens muß anfangen! Nu geh du man, und laß Vater man auch gehn!«

Das Kind, es war ein ziemlich großes Mädchen, glitt an mir vorüber, und ich konnte jetzt in die Werkstatt treten und meine Bestellung ausrichten. Aber Meister Ahrens hörte kaum auf mich. Er war sehr schlechter Laune und betrachtete seufzend seinen Haufen grüner Stöcke, der friedlich in einer Ecke lag.

»Kannst du keine Zweige aus dem großen Walde kriegen?« fragte ich neugierig. Er aber sah mich streng an.

»Frag nicht so dumm! Ich kann allens, was ich will, und meine Tannenbäumens sind besser als die natürlichen!«

Als ich wieder hinauskam, da saß dasselbe Mädchen, das vorhin mit Ahrens gesprochen hatte, auf der Türschwelle. Sie weinte nicht, aber sie sah aus, als ob sie wohl Lust dazu hätte, und ich setzte mich neben sie und betrachtete sie schweigend. Sie war sehr ärmlich, aber ziemlich sauber gekleidet, nur ihr dickes, blondes Haar hing unordentlich um ihren Kopf. An diesem Haar erkannte ich sie, und ich nickte ihr freundlich zu.

»Du hast mir neulich mein Lesebuch nachgebracht, als ich aus der Stunde kam, weißt du noch? Ich hatte es auf dem Wege verloren!«

Sie sah jetzt auf, und ihre Augen blickten weniger trübe.

»Das war so'n feines Buch,« sagte sie, »mit Bildern ein – so'n feines Buch!«

»Hast du kein Lesebuch?« erkundigte ich mich, während ich mit einiger Beschämung daran dachte, daß ich dieses Buch schon zweimal hinter den Schrank geworfen hatte, nur um es nie wieder zu sehen. Leider war es immer wiedergefunden worden.

Sie schüttelte den Kopf. »Nee – ich hab nix, gar nix!«

»Was wünschst du dir denn zu Weihnachten?«

»Ich?« Das Mädchen sah überrascht aus. Dann lachte sie. »Was sollt ich mich woll wünschen; ich krieg doch nix!«

»Du bekommst gar nichts?«

Unwillkürlich rückte ich der Sprecherin näher. »Bist du dann zu Weihnachten nicht furchtbar traurig?«

»Nee« – sie lachte wieder. »Was sollt ich woll traurig sein, wo ich den ganzen Abend rumlauf und in all die Fensters guck und all die Weihnachtsbäumens zu sehen krieg! Mannichmal krieg ich auch noch ein Stück Brot mit Rosinens geschenkt!«
»Weihnachtsabend darf man eigentlich nicht ausgehn!« sagte ich. »Da muß man zu Hause bei seinen Eltern bleiben!«

»Ja, wenn Vater man nich sitzt, denn bleib ich auch bei ihm; abers er is nu ja ümmerlos im Loch – da sitz ich ja ganz allein, wo Mutter doch tot is –«

»Er sitzt im Gefängnis?«

Wenn es angegangen wäre, hätte ich mich noch näher an meine neue Bekanntschaft gedrückt. Wir saßen aber schon ganz nahe aneinander geschmiegt. Aber um ihr doch zu zeigen, wie interessant sie mir sei, griff ich in die Tasche, in der ich einige getrocknete Pflaumen hatte, und bot sie ihr an. Dörthe Krieger, so hieß das Mädchen, nahm sie auch und verzehrte sie mit einiger Gier, während ich ihr zusah. Ich hatte mir nämlich gerade aus dem vorhin erwähnten Lesebuch eine wunderhübsche Geschichte von einem unschuldig Gefangnen vorlesen lassen und nahm jetzt an, daß die Gefängnisse nur dazu da wären, Unschuldige zu quälen.

»Dein Vater hat doch natürlich nichts Böses getan?« fragte ich.

Dörthe schüttelte den Kopf. »Nee – natürlich nich! Bloß ein büschen Stehlen. Weiter gar nix. Der Bürmeister is auch zu eigen. Abers nach die Tannenzweigen in Holstein will er doch nich hin!«

»Stiehlt er die auch?«
»Ja, wo sollt er sonstens zu sie kommen? Sie sitzen an ein Baum, und der Baum gehört ein Grafen zu, der furchtbar slecht is und nich leiden kann, wenn man in sein Wald spazieren geht. Vater sagt, der Wald is so groß, und da

laufen Rehe und Hasen herum – da merkt kein ein, wenn ein Baum fehlt und wenn da ein Reh weniger is. Hast mal Rehbraten gegessen? Der smeckt abers fein! Vater soll dich ein Stück abgeben, wenn er wieder mal was mitbringt! Na, abers er will diesmal nich gern hin. Die Försters haben ihn so gräslich aufn Strich, und wenn sie ihn kriegen, denn sperren sie ihn gleich ein, und – denk dich mal! – er muß jedesmal länger sitzen!«

»Dann darf er doch nicht in den großen Wald gehn!« rief ich aufstehend. Mir war, ich weiß nicht weshalb, doch etwas unheimlich zumute geworden.

»Meister Ahrens will es aber, und wir wohnen in seinem Haus!« Dörthe war ebenfalls aufgestanden und wischte sich an den Augen herum. »Er sagt, Vater muß allens ein büschen vorsichtig machen, und er braucht nicht gleich ein Reh zu nehmen. Abers wenn es nu da herumläuft?«

Auf diese Frage wußte ich auch keine Antwort; aber ich konnte es Dörthe nachfühlen, daß sie ihren Vater nicht gerade zu Weihnachten im Gefängnis haben wollte. Ich mußte ihr plötzlich noch versprechen, keinem etwas von unsrer Unterhaltung zu erzählen, und dann trennten wir uns.

Jürgen wußte schon nach einer Viertelstunde die ganze Geschichte, und es war nur gut, daß ich sie ihm erzählte. Denn ich hatte etwas sehr Tadelnswertes begangen, was ich keinem erwachsnen Menschen mitteilen durfte. Von niemand würde ich etwas zu Weihnachten bekommen, wenn man erführe, daß ich mit Dörthe Krieger gesprochen hatte.

»Ihr Vater ist ein Dieb, und zwar ein ganz gemeiner!«
berichtete Jürgen. »Rasmussen (unsers Großvaters
Schreiber) hat mir gerade neulich davon erzählt! Denke dir,
er stiehlt nicht einmal Geld, was doch das feinste beim
Stehlen ist – er nimmt meist nur Würste und Schinken. Und
er sitzt eigentlich immer im Gefängnis!«

Dörthe hatte mir diese betrübende Eigenschaft ihres Vaters
ja auch berichtet.

»Sie will nur so ungern, daß er Weihnachten sitzt,« meinte
ich; »sie ist dann ganz allein und hat niemand, dem sie ihren
Weihnachtsvers aufsagen kann! Sie bekommt überhaupt gar
nichts zu Weihnachten.«

»Gar nichts?« Jürgens tugendstrenges Gesicht wurde etwas
milder. Aber er wußte doch keinen bessern Rat, als daß ich
nicht mehr an Dörthe Krieger denken und noch weniger mit
ihr sprechen sollte. Besonders nicht vor Weihnachten. Denn
wenn die erwachsnen Familienglieder merkten, welchen
schlechten Umgang ich hätte, dann würde es schlimm um
meine Geschenkaussichten aussehen.

Jürgen konnte manchmal sehr eindringlich sprechen, und da
ihm wirklich in der letzten Zeit verschiedentlich Standreden
darüber gehalten worden waren, daß er in seinem Verkehr
wählerischer sein sollte, so wußte er genau, was er sagen
sollte, und ich hörte ihm andächtig zu. Dörthe Krieger war
mir selbst doch auch etwas bedenklich vorgekommen; sie
hatte meine Pflaumen wohl aufgegessen, sich aber nicht
dafür bedankt. Das zeugte von einem schlechten Herzen.
Als ich ihr nach etlichen Tagen wieder begegnete,, und sie

mir mit einer gewissen Vertraulichkeit zunickte, sah ich sie deshalb gar nicht an. Als sie aber vorüber war, mußte ich doch stehn bleiben und mich umsehen, und da sie dasselbe tat, sahen wir uns gerade in die Augen.

Sie lachte; ich aber wurde sehr entlüftet.

»Du darfst dich nicht nach mir umsehen – dein Vater ist ein ganz gemeiner Dieb, und ich will nicht mit dir sprechen.«

Dörthe schüttelte ihren struppigen Kopf und lachte wieder.

»Nee, sprechen mußt du auch nich mit mich! Die Kinder in die Schule wollen auch nich bei mich sitzen. Ehegestern hab ich den ganzen Tag allein aufn Bank gesessen – das war fein!«

»Magst du gern allein sitzen?«

Ich war dem Kinde des Diebes nun doch näher getreten und sah neugierig in ihr unbekümmertes Gesicht.

»Nu natürlich mag ich es! Da sitzt kein ein bei mich und kneift mir oder schubbst mir – das is fein?«

»Ist dein Vater schon im Walde gewesen?« fragte ich.

Sie schüttelte den Kopf. »Nee – er hat ein slimmes Knie gehabt und konnt nich fort. Ahrens war doll, kann ich dich sagen, und er will uns aus 'n Haus smeißen, wenn Vater nich bald Ernst macht. For meinswegen kann Vater auch hingehn; wenn er man bloß nich wieder Weihnachten sitzen muß!«

Sie seufzte ein wenig und schob die Arme unter ihr dünnes Schultertuch.

»Ich weiß, wie allens kommt!« fuhr sie dann fort. »Vater geht in den Wald und will bloß die Zweigens abslagen, und denn sieht er ein Reh und denn slachtet er das. Und denn kommt die Pollerzei und all die slechten Menschens, und denn sitzt er Weihnachten ins Loch!«

»Hast du einen Weihnachtsvers für ihn gelernt?« fragte ich: sie beachtete aber meine Worte nicht.

»Wenn es Ostern wär oder Pfingsten, denn wär' es mich einerlei; da is es nich mehr so dunkel, und die andern Kinners snacken nich mehr soviel von Weihnachtsbäumens und von Aufsagen, abers nu —«

Dörthe wischte sich die Augen, und ich sah sie ratlos an.

»Hast du deinem Vater nicht gesagt, er solle bei dir bleiben?«

»Nu, ganz gewiß! Abers Ahrens wird bös, wenn er die Zweigens nicht kriegt. Zwei Jahr haben wir die Miete nich bezahlt, weil daß Vater immer so in Rückstand war!«
»Dann mußt du den lieben Gott bitten, daß dein Vater kein Reh totmacht, wenn er in den Wald geht!« riet ich, und Dörthe sah mich nachdenklich an.

»Das kann angehn! Ich will ihm bitten, daß die Rehens vordem alle tot bleiben oder von den Grafen geslachtet werden. – For die Zweigens kriegt er ja bloß wenig Gefängnis!«

Sie lief weiter, und mir fiel ein, daß ich nicht mit ihr hatte sprechen wollen. Aber es hatte mich, gottlob! niemand gesehen, und da außerdem andere Gedanken mein Herz erfüllten, so vergaß ich diese Unterredung so bald, daß ich sie nicht einmal Jürgen mitteilte. Es waren nämlich nur noch acht Tage bis Weihnachten, und die prickelnde, sonderbare Unruhe kam über uns, die jedes Kind kennt. Wir mochten nicht mehr sehr lange auf einem Stuhle sitzen, und am liebsten liefen wir auf der Straße umher und besahen die bescheidnen Weihnachtsausstellungen unsers Städtchens.

Außerdem hatten wir noch Sorge wegen des Ausbleibens unsers Tannenbaumes. Der sollte mit dem Schiffer kommen, der um die Weihnachtszeit mit seiner Jacht nach Lübeck fuhr und die herrlichsten Sachen mitbrachte. Aber Schiffer Lafrenz war noch nicht in unsern Hafen eingelaufen. Das kam daher, daß der Wind die ganze Zeit »konträr« gewesen war, wie uns die Sachverständigen sagten, aber diese Erklärung beunruhigte uns nur, statt uns zu beruhigen. Wir kannten Geschichten von Leuten, die drei Wochen auf der Ostsee bei »konträrem« Winde gekreuzt hatten, ohne ihr Reiseziel zu erreichen, und die dann schließlich wieder unverrichteter Sache nach Hause gefahren waren. Erlebt hatten wir solche Sachen nicht, aber man hatte uns so oft die Abenteuer einer Seereise in alten Zeiten berichtet, daß wir das Schiff mit unserm Tannenbaum im Geiste schon bei Finnland im Eise eingefroren sahen. Die großen Leute suchten uns die

Befürchtungen auszureden; wir aber fühlten uns doch verpflichtet, jeden Tag an unsern kleinen Hafen zu laufen und dort Erkundigungen nach »Anna Kathrin« einzuziehn. So hieß die Jacht vom Schiffer Lafrenz, und es war ein schönes Schiff, nur daß sie sehr schaukelte, auch wenn es gar nicht nötig schien.

Am Sonntag vor Weihnachtsabend war köstliches Wetter. Gerade so, als bildete sich die Sonne ein, Weihnachten überschlagen zu können. Sie schien so hell wie im Frühjahr, und als wir am Vormittag aus der Kirche kamen, beschlossen wir, sofort wieder nach dem Hafen zu gehn und uns nach der »Anna Kathrin« zu erkundigen.

Als wir am Hause von Meister Ahrens vorübergingen, stand dieser vor der Tür und hielt einen Tannenbaum in der Hand. Es war natürlich ein falscher, und seine Zweige waren nicht mehr frisch.

»Wo hast du die Zweige her, Meister Ahrens?« fragten wir. »Das ist kein schöner Tannenbaum geworden!«

Der Tischler antwortete nicht viel, sondern murmelte nur einige verdrießliche Worte, worauf einer der ältern Brüder berichtete, daß das Geschäft mit den Tannenzweigen dieses Jahr flau sein sollte. Da wäre niemand mit guten Tannenzweigen an die Insel gekommen, und auch die falschen Tannen sollten teuer sein. Wir andern seufzten ein wenig bei dieser Erzählung, und dann strebten wir eilig dem Hafen zu, um uns nach der »Anna Kathrin« die Augen auszuschauen. Aber alles Lugen half nichts – die dickbäuchige Jacht schaukelte weder am Bollwerk, noch war ihr geflicktes Segel irgendwo am Horizont zu erblicken.

Nachdem diese Tatsache festgestellt war, verließen die ältern Brüder uns, um einen Freund zu besuchen, dessen Onkel im Besitz eines Fernrohrs war, das dazu dienen sollte, die »Anna Kathrin« etwas schneller herbeizusehen. Wir Kleinern gingen schwermütig an den Strand und suchten uns dadurch aufzuheitern, daß wir flache Steine ins Wasser warfen. Bei dieser Gelegenheit entdeckten wir ein Boot, das an einen etwas abseitsstehenden Pfahl angekettet war. Beide Ruderpatten lagen darin, und dieser Umstand schien uns so verlockend, daß wir sofort hineinkletterten und zu rudern begannen.

Das Boot war außerordentlich schlecht; die Sitze morsch, und die Bretter des Fahrzeuges schienen kaum noch zusammenzuhalten. Wir schaukelten aber sehr vergnügt darin, und Jürgen sagte, er könne rudern und nach Holstein fahren, dessen Küste dunkel am Horizont auftauchte. Er konnte es natürlich nicht, und während wir uns um die Ruder zankten, glitt ihm das eine aus der Hand und fiel ins Wasser.

Vergnügt schwamm es davon, während wir ihm ziemlich dumm nachblickten, und als Jürgen mit dem andern Ruder den Flüchtling zu erwischen gedachte, ging diese Stange ihm auch aus der Hand.
Ein kräftiger Fluch ertönte vom Lande her, und ein Mann in großen Wasserstiefeln trat mitten ins Wasser und zog nicht allein unser Boot ans Land, sondern erfaßte auch noch die

eine Stange. Die andre war aber schon zu weit fortgeschwommen, und er sah uns drohend an.

»Ihr dummes Volk! Was habt ihr in meinem Boot zu tun! Heraus mit euch, sonst werfe ich euch alle ins Wasser! Und wo ist meine Ruderstange?«

Er sprach fremder und ganz anders als die meisten Insulaner, so daß wir schon deswegen einen großen Schreck vor ihm bekamen. Aber als Jürgen mir zuflüsterte, dieser Mann wäre Jobst Krieger, der Dieb, der so oft im Gefängnis gesessen hatte, da erwachte in mir der Trotz der Selbstgerechtigkeit.

»Zu sagen hast du uns nämlich gar nichts!« bemerkte ich, aber ich sprang doch ziemlich schnell aus dem Boot.

»Weshalb nicht?« Der Mann, dessen Gesicht uns übrigens keinen abschreckenden Eindruck machte, sah mich fragend an.

»Du bist ja ein Dieb, ein ganz schlechter Mensch!« sagte ich, und Jürgen, der ebenfalls wieder auf festem Boden stand, nickte zu jedem meiner Worte.

»Du darfst gar nicht mit uns sprechen,« warf er nun ein. »Du sitzt ja immerlos im Loch!«

Auf Jobst Kriegers Gesicht lag der Ausdruck ungläubigen Staunens, dann aber wurde er plötzlich sehr rot.

»Was geht's euch an, wenn ich im Gefängnis war? Darin haben schon fixe Kerle gesessen, kann ich euch sagen! Und überhaupt« – er sah uns langsam nach der Reihe an – »ich kenn euch gut! Wie oft lauft ihr zu dem alten Mahlmann, der sein Leben lang im Zuchthaus war!«

»Zuchthaus ist feiner als Gefängnis,« erklärte Jürgen; »viel feiner! Ich habe mal mit Mahlmann darüber gesprochen, und der hat es mir auch gesagt. So oft wie du im Gefängnis, ist Mahlmann auch nicht im Zuchthaus gewesen!«

»Nein, er nahm gleich ein gutes Ende auf einmal!« sagte Jobst Krieger, und dabei lachte er.

Er hatte wirklich kein übles Gesicht, und sein Zorn über das verlorne Ruder schien auch verraucht zu sein.

Mit schwerem Schritt stieg er nun ins Boot und begann die Kette zu lösen.

»Wohin fährst du?« fragte Bruder Milo, der sich bis jetzt nicht an der Unterhaltung beteiligt und den Dieb nur unverwandt angesehen hatte.

Jobst gab keine Antwort; mir aber fiel Dörthe wieder ein, während mir natürlich nicht in den Sinn kam, daß ich ihr Schweigen gelobt hatte.

»Er fährt in den großen Wald,« rief ich laut, »wo die Rehe und die Hasen frei herumlaufen. Da schlägt er die Tannenbäume entzwei und fängt die Rehe, und dann kommt der böse Graf und nimmt ihn gefangen! Und Dörthe muß wieder Weihnachtsabend auf der Straße herumlaufen, weil ihr Vater im Gefängnis sitzt!«

»Dummes Zeug!« sagte Jobst. Er hatte mit einer Kelle Wasser aus dem Boot geschöpft, nun hielt er inne mit seiner Arbeit.

»Dummes Zeug ist es gar nicht!« rief ich empört. »Dörthe sagt, wenn du nur Ostern oder Pfingsten stehlen wolltest, dann wäre es ihr einerlei; aber gerade Weihnachten! Da darf man doch eigentlich nicht stehlen!«

»Nein, eigentlich nicht!« meinte Jürgen, und Milo stimmte zu.

»Da kommt ja das Christkind auf die Erde, und wenn es dich nun im Gefängnis findet, dann bekommst du nichts geschenkt. Nur artige Menschen bekommen etwas!«

»Ich kriege doch nichts geschenkt!« murmelte Jobst. Er hatte uns bis dahin zugehört, nun griff er wieder zu seiner Schöpfkelle.

»Doch!« sagte Jürgen. »Wenn du Weihnachten nicht im Gefängnis sitzt, dann schenke ich dir etwas. Ich habe einen Kasten geklebt; er ist sehr hübsch, und ich wollte ihn eigentlich selbst behalten. Wenn du aber gut sein willst, dann bekommst du ihn!«
»Und ich mache dir einen Fingerring aus schwarzen Glasperlen!« rief Milo, der in Perlenvergeudung unglaubliches leistete. »Oder willst du lieber einen blauen

Ring mit einer Goldperle in der Mitte? Goldperlen sind furchtbar teuer, aber ich will es doch tun!«

»Dann gebe ich Dörthe auch mein altes Lesebuch!« setzte ich hinzu und trat dabei Jobst Krieger etwas näher. Er hatte sich nämlich ins Boot gesetzt und sah uns ganz sonderbar an. Wahrscheinlich fand er die ihm gemachten Anerbietungen zu überwältigend, als daß er gleich darauf hätte eingehn können.

»Sieh mal,« setzte ich vertraulich hinzu. »Laß Dörthe doch das Lesebuch bekommen! Da sind hübsche Bilder drin, und wenn die andern Kinder die sehen, dann wollen sie auch wieder bei Dörthe sitzen. Nun wollen sie es nicht, weil du soviel im Gefängnis sitzen mußt! – Sie sitzt immer ganz allein, und Weihnachten ist sie auch allein. Ich sagte ihr, sie sollte den lieben Gott bitten, daß du Weihnachten bei ihr wärst; aber sie hat es wohl vergessen. Der liebe Gott tut sonst alles, um was man ihn ordentlich bittet!«

Jobst Krieger legte die Bootkette wieder um den Pfahl und trat ans Land. Er sah beunruhigt und etwas mürrisch aus, und als Jürgen ihm noch einmal seinen schönen Kasten pries, antwortete er nur durch ein unverständliches Knurren.

Auch trat jetzt ein andrer Mann auf ihn zu, der eben erst aus der Stadt gekommen war. Der sah nicht so gut aus wie Jobst, und seine Augen fuhren scheu über uns hin, während er leise mit Jobst sprach. Wir gingen jetzt, Jürgen und ich voran, während Milo noch eine Weile in der Nähe der Männer blieb und uns erst später nachgelaufen kam.

»Ich habe gehört, was sie sprachen,« erzählte er. »Ich sammelte Steine und war ganz nahe bei ihnen. Der andre Mann heißt Lorenz und wollte mit Jobst Krieger und dem Boot nach dem großen Walde fahren. Aber Jobst sagte, rsaquo;er hätte keine Lust, sie wollten bis morgen warten. Er müßte sich noch besinnen.rlsaquo; Da wurde der andre Mann böse und sagte, rsaquo;er führe nicht am Montag, das sei ein Unglückstag; er führe am Sonntag und wollte nicht auf Jobst warten!rlsaquo; Da haben sie sich gescholten, und nun ist Jobst Krieger zurückgegangen, und der andre ist im Boote!«

Jetzt kamen die andern Brüder. Aber sie waren, weil sie selbst durch das Fernglas nichts von der »Anna Kathrin« gesehen hatten, so niedergeschlagen, daß wir ganz vergaßen, ihnen unsre Unterhaltung zu berichten.

Aber am Abend sprachen wir doch noch von Jobst Krieger und meinten, es sei ganz überflüssig, uns auf Geschenke für ihn einzurichten. Milo begann dennoch einen Ring aus blauen Glasperlen zu arbeiten, der wirklich sehr schön wurde.

In der Nacht kam plötzlich ein furchtbares Wetter. Die Dezembersonne war trügerisch gewesen. Der Wind sprang um, Regen schlug an die Scheiben, und die Dachpfannen prasselten auf die Straße. Am andern Morgen wurde es wieder ziemlich still, und die Brüder liefen gleich an den Hafen, um nach der »Anna Kathrin« zu sehen, die denn auch wirklich einlief. Etwas beschädigt zwar, denn es war auf See ein Heidenwetter gewesen; aber die »Anna Kathrin« konnte schon einen Puff vertragen.

Obgleich der Tannenbaum nun wirklich in Sicht war, so konnten wir uns doch nicht so recht freuen. Denn Schiffer Lafrenz von der »Anna Kathrin« war nicht weit vom Hafen einem umgeschlagnen Boote begegnet, das er mit seinen scharfen Schifferaugen sofort erkannt hatte. Es gehörte einem Manne, der Lorenz hieß, und der gerade so übel berüchtigt war wie Jobst Krieger.

Am Hafen hatten die Leute gewußt, daß Jobst und Lorenz in diesem Boote am Sonntag eine Fahrt hatten machen wollen – einige Leute wollten sie auch zusammen gesehen haben. Nun hatte sie das Wetter auf offner See überrascht, und sie waren ertrunken.

Es war eine traurige Geschichte, die gar nicht für die Weihnachtszeit paßte; wir mußten lange darüber sprechen. Es tat uns so sehr leid, daß Jobst doch gefahren war, und besonders Milo konnte es gar nicht begreifen. Lorenz mußte ihn doch schließlich überredet haben.

Großvaters Schreiber, Rasmus Rasmussen, war nicht so traurig wie wir. Er sagte, Jobst würde doch im Zuchthause geendet haben, weil er das Stehlen nicht hätte lassen können. Tannenzweige aus dem Walde zu holen sei ja schließlich kein Verbrechen, aber Jobst hätte die schönsten Tannen auseinandergeschlagen, ohne auch nur einen Menschen zu fragen. Meister Ahrens habe einen guten Lieferanten an ihm gehabt, und deshalb seien seine Tannenbäume immer so schön gewesen. Dann hätte Jobst auch noch Hasen und Rehe in Schlingen gefangen, und wenn er bei einer fremden, wohlgefüllten Speisekammer vorübergekommen wäre, dann hätte er tief hineingelangt.

Es war gewiß ein Glück, daß Jobst tot war, wie Rasmus meinte, aber wir waren doch so betrübt, daß wir eine Weile unser Weihnachtsfest ganz vergaßen. Dann schämten wir uns auch noch, daß wir um einen ganz gewöhnlichen Dieb weinten.

Das taten wir nämlich. Trotz seiner entsetzlichen Schlechtigkeit hatten wir Jobst sehr gern gehabt, wenn wir das auch keinem Menschen verraten und ihn ja auch nur wenig gekannt hatten.

Plötzlich fiel mir Dörthe ein. Was würde sie wohl dazu sagen, daß ihr Vater ertrunken war? Den ganzen Tag mußte ich an sie denken, und Jürgen und Milo sprachen auch von ihr. Nun war sie immer allein; nicht nur Weihnachten, nein auch Ostern und Pfingsten, das ganze Leben hindurch.

In unserm Hause wurde gerade Kuchen gebacken; das war eine angenehme Zerstreuung; aber als es dämmrig wurde, lief ich doch zu Dörthe Krieger, deren Wohnung ich jetzt ganz gut kannte, obgleich ich sie nie betreten hatte. Jürgen lief mit, und wir hatten Mama ein Paket Kuchen für die arme Dörthe abgebettelt.

In dem kleinen, sehr verfallnen Hause am äußersten Ende der Stadt brannte schon Licht, und als wir ohne weiteres in die Haustür und dann in die kleine, ärmlich eingerichtete Stube stürzten, prallten wir erschrocken zurück. Denn auf einem Holzschemel, von einem Talglicht beleuchtet, saß Jobst Krieger. Er hatte Besuch. Vor ihm stand Meister Ahrens, der heftig auf ihn einsprach. Wir beachteten aber den alten Tischler nicht. Wir liefen auf Jobst zu und betrachteten ihn aufgeregt.

»Wie?« rief Jürgen; »du bist nicht tot?«

Seine Stimme klang vorwurfsvoll, und auch ich konnte mich einer leichten Verstimmung nicht erwehren. Wenn man jemand einmal als tot beweint hat, dann darf er auch nicht gleich wieder auferstehn! Jobst Krieger sah uns verlegen an.

»Lorenz ist allein gefahren,« sagte er nun. »Ich wollte ja nicht, ich –« er stockte und fuhr sich mit der Hand über das Gesicht.

»Du hast Glück gehabt, Jobst Krieger,« ließ sich jetzt Meister Ahrens vernehmen. »Wenn du mit Lorenz gefahren wärst, dann lägst du nu tot in die See! Er war auch ein slechten Kerl, der dir zu allens verführt hat! Morgen fährst nu for mich nachn Festland und holst mich die Zweigens, sonsten sollst mich kennen lernen!«

Aber Jobst schüttelte den Kopf.

»Nein, Meister Ahrens – ich fahr nicht mehr nach den Tannenzweigen. Wenn ich in den Wald komme –« er atmete kurz auf – »dann laß ich's doch nicht – dann greif ich nach andern Dingen, die mir nicht gehören, und dann sitzt die Dörthe Weihnachten allein! Und jetzt, wo Gott mich vorm Tode bewahrt hat –« er stockte und sah uns an. Wir nickten ihm zu. Allmählich hatten wir die Enttäuschung, daß er noch lebte, überwunden. Meister Ahrens aber rang die Hände.

»Du liebe Zeit! Nu krieg ich kein ordentlichen Tannenbäumens, wo das Geschäft gerade flott gehn soll. Und du wohnst in meinem Haus und tust nich, was ich will? Du mußt zu Neujahr ausziehn!«

Wir hatten Meister Ahrens niemals so böse gesehen, und unser Interesse wandte sich ihm ungeteilt zu. »Fahre doch selbst in den Wald und hole die Zweige!« rief Jürgen.

Der Alte sah ihn böse an. »Da könnt ich doch bei zu Schaden kommen!« murrte er, und mein Bruder trat ganz nahe auf ihn zu.

»Meister Ahrens, du hast mir neulich noch gesagt, die Hauptsache im Leben wäre ein gutes Herz. Du hast doch auch ein gutes Herz?«

»Ganzen gewißlich!« versicherte der Alte mit etwas unsichrer Stimme. »Abers die Tannenbäumens müssen doch Zweigens haben, sonsten sind es keine Tannenbäumens, und wenn Jobst Krieger mich nich Zweigens holen will –«

»Er will doch kein Dieb mehr sein!« rief Jürgen. »Laß ihn in Ruhe und gehe zu Schiffer Lafrenz auf der ›Anna Kathrin‹. Der hat auch eine ganze Menge von Tannenzweigen mitgebracht, die Brüder haben's gesehen!«

»Is wahr?« Ahrens ärgerliches Gesicht wurde etwas milder, dann lief er plötzlich davon, ohne Lebewohl zu sagen. Wir entbehrten ihn auch nicht. Wir hatten unsre Kuchen ausgepackt, und da wir Jobst Krieger verziehn hatten, so durfte er sie probieren. Jürgen und ich sagten ihm auch unsre

Weihnachtslieder auf. Der Übung halber und auch deswegen, weil sie uns immer im Kopf herumspukten, und wir waren eigentlich etwas beleidigt, daß Jobst uns gar nicht lobte. Er saß ganz still und hatte beide Hände vor sein Gesicht gelegt. So still war er, daß es uns, als wir nacheinander das »Amen« von unsern Verslein gesprochen hatten, doch etwas unheimlich zu werden anfing. Aber da kam Dörthe ins Stübchen gestürzt, und ihre Überraschung, uns zu sehen, war so groß, und das Vergnügen über die Kuchen noch so viel größer, daß wir ungemein heiter wurden.

Jobst Krieger stand jetzt auf und sagte, daß er uns nach Hause bringen wolle; unsre Eltern würden gewiß nicht wollen, daß wir so lange bei ihm blieben. Wir sahen die Richtigkeit dieser Worte ein, und als wir neben ihm auf der dunkeln Straße gingen, stieß Jürgen plötzlich einen schweren Seufzer aus.

»Jobst, wie furchtbar schade ist es doch, daß du ein so schlechter Mensch bist! Ich mag dich gern leiden – viel lieber als einige Leute, die niemals im Gefängnis waren!«

»Ich auch!« versicherte ich, und Jobst stand still und legte ganz leise seine Hände auf unsre Haare.

»Mir ist's auch leid genug,« murmelte er; aber was er noch hinzusetzte, konnten wir nicht verstehn; seine Stimme war ganz heiser geworden. Dann war er in der Dunkelheit verschwunden, und wir mußten den Rest des Heimwegs allein zurücklegen.

Das war nun nicht so schlimm; wir waren nicht ängstlich und hatten außerdem eine Fülle von Unterhaltungsstoff, der auch nicht ausging, als wir den andern von Jobst Krieger und von dem Umstande, daß er noch lebe, berichteten. Wir wollten ihm alles mögliche zu Weihnachten schenken, alte Anzüge von Papa, die uns nicht gehörten, Eßwaren, über die wir keine Verfügung hatten, und vor allem einen Katechismus, damit er die zehn Gebote noch einmal durchlerne.

Aber es kam anders. Als wir am Tage vor Weihnachten Jobst Krieger und seine Tochter feierlich zu uns einladen wollten, erfuhren wir, daß beide in der Nacht vorher verschwunden waren. Sie hatten ihre armselige Habe zurückgelassen und die Insel verlassen. Sie kamen auch nicht wieder, obgleich wir das ganze Weihnachtsfest auf sie warteten, und niemand konnte uns sagen, wohin sie gegangen seien.

Dieses plötzliche Verschwinden betrübte uns außerordentlich, und wir trösteten uns nur allmählich mit dem Gedanken, daß uns jetzt kein Mensch verbieten konnte, an Jobst und Dörthe zu denken und von ihnen zu sprechen. Unser Weihnachtsabend war trotz alledem sehr schön, und wir schenkten die für Jobst bestimmten Sachen andern Leuten, die es auch nötig hatten.

Nur Meister Ahrens feierte kein fröhliches Weihnachtsfest. Erstens waren seine falschen Tannenbäume lange nicht so hübsch wie sonst, obgleich er Zweige bekommen hatte, und dann fiel es den Leuten ein, daß er doch vielleicht den Jobst oft zu hart bedrängt und ihn schon mehrere Jahre hindurch veranlaßt hätte, in den Wald zu gehn und zu stehlen. Ob er nun wirklich schuld daran hatte, war schwer zu sagen; jedenfalls ging er kümmerlich gebeugt einher und klagte über die schlechten Zeiten und die schlechten Menschen.

Mehrere Weihnachtsfeste waren vergangen. Meister Ahrens machte immer noch falsche, häßliche Tannenbäume, und wir selbst sprachen nur manchmal noch von Jobst. Zuerst hatten wir uns ausgedacht, daß er wahrscheinlich nach Amerika gegangen sei und als reicher Mann zurückkehren würde. Dann trug Dörthe seidne Kleider, und er würde uns allen etwas Wundervolles zu Weihnachten schenken. Wir stritten uns darüber, ob wir lieber eine goldne Mundtasse oder einen goldnen Teller haben wollten; allmählich aber vergaßen wir ihn fast, bis wir an einem Weihnachtsabend ein sonderbares Paket mit der Post bekamen.

Es trug Jürgens, Milos und meinen Namen und kam aus einem Orte, von dem die großen Leute sagten, daß er in Ost- oder Westpreußen läge. Dieses Paket enthielt ein sauber geschnitztes kleines Boot, das mit frischen Christrosen angefüllt und in köstliche Tannenzweige verpackt war. Dabei lag ein Zettel, auf dem mit ungeübter Hand die Worte geschrieben waren: Und hat ein Blümlein bracht mitten im kalten Winter. Da wußten wir, daß diese Sendung von Jobst Krieger kam, und freuten uns außerordentlich über sie. Besonders darüber, daß er von den Weihnachtsliedern, die wir ihm aufgesagt hatten, etwas behalten hatte. Denn wer auch nur ein wenig von seinen Weihnachtsliedern im Gedächtnis behält, der kann doch ganz gewiß kein schlechter Mensch sein.

Meister Ahrens sagte dasselbe. Er hatte mit derselben Post eine Geldsumme bekommen, die, wie er fest glaubte, von Jobst Krieger kam, weil er ihm gerade soviel Geld schuldig gewesen war.

rsaquo;Eigentlich hast du das Geld nicht verdient!rlsaquo; sagte Jürgen, der dem alten Tischler die Behandlung von Jobst nicht vergessen konnte.

Ahrens fuhr sich über den kahlen Kopf und seufzte.

»Nee, eigentlich nich! Abersten wenn ich nu die Hälfte an die Armens gebe, und wenn es mich sowieso all die Jahrens leid getan hat, daß ich nich nett gegen den Jobst war? Ich habe sonsten warraftigen Gott ein furchtbar gutes Herz – bloß bei die Tannenbäumens, da bin ich eigen mit gewesen, weil es so'n gutes Geschäft war.«

Ahrens richtete wirklich eine Weihnachtsbescherung für eine arme Familie aus, und seit der Zeit sprach er noch mehr als sonst von seinem guten Herzen. Sonderbarerweise waren es die Kinder dieser Familie, die nicht bei Dörthe Krieger in der Schule hatten sitzen wollen. Das war aber lange vergessen, und der von Ahrens verfertigte falsche Tannenbaum warf auch über sie seinen weihnachtlichen Schein, und ihre Freude war echt.

Denn das Christkind in seiner Milde fragt nicht nach den Verdiensten und Schwachheiten der armen Erdenkinder. Sonst müßte es aufhören, alle Jahre wiederzukommen.

Um die Weihnachtszeit

(aus „Aus dänischer Zeit")

Erwachsene Leute sprechen oft lange darüber, wie viel sie um die Weihnachtszeit zu tun haben, und bedenken gar nicht, daß die Kinder noch sehr viel mehr Arbeit und Nachdenken zum Feste nötig haben als die Großen. Sie haben sich erstens so viel zu wünschen und dann auch noch darüber nachzugrübeln, wozu sie alles, was sie haben möchten, nachher verwenden können.

Große Leute wünschen ja nicht halb soviel wie die Kinder. Ihnen gehen eben nicht alle Wünsche in Erfüllung, und weil sie dies wissen, wünschen sie sich manchmal gar nichts mehr. Dies aber kann kein Mensch ändern, und jedenfalls wird es kein Kind hindern, sich jeden Tag vor Weihnachten mehr zu wünschen.

So machten es auch mein Bruder Jürgen und ich, wenn wir dem Weihnachtsfeste entgegensahen; und wir lächelten mitleidig, wenn uns andere Ansichten entgegentraten.
»Kinder müssen immer bescheiden sein!« sagte eine von unseren Tanten. Sie hielt es für ihre Pflicht, uns tagtäglich zu erziehen, während wir die Notwendigkeit dieser Erziehung nicht einsehen konnten. Wenn sie ihre Weisheit von sich gab, dachten wir uns schnell noch einige Wünsche aus, und das Dokument, das wir mit dem bescheidenen Namen Wunschzettel belegten, vergrößerte sich alle Tage.

Vor dem Weihnachtsfeste, von dem ich jetzt erzählen will, bestand mein Wunschzettel aus verschiedenen zusammengestellten Papierbogen.

Zuerst hatte ich gar nicht so viele Wünsche, allmählich aber, bei eifrigem Nachdenken, kamen sie über mich, und wenn ich auch manchmal einen Gegenstand durchstrich, so traten an seine Stelle immer zwei andere.

Mein erster Wunsch, dessen Erfüllung mir sehr am Herzen lag, war ein lebendiges Lamm, das aber nicht größer werden dürfte. Leider sagte man mir, daß diese Bedingung schwer zu erfüllen sei: aus Kindern würden Leute, und aus Lämmern Schafe. Nach langem Besinnen entschloß ich mich also, diesen Wunsch zu streichen und einen sprechenden Papagei an seine Stelle zu setzen. Ein mit uns Kindern sehr befreundeter Schiffskapitän besaß nämlich ein solches Tier. Es war grün von Farbe, konnte Deutsch und Spanisch sprechen, wie ein Hund bellen und wie eine Katze miauen.

Wir wußten genau, daß ein so begabter Vogel viel zu unserm irdischen Glück beitragen würde. Wir wollten ihm einen Käfig verschaffen, dann müßte er sich eine Papageiin suchen und viele Jungen bekommen, die wir dann verkaufen wollten. Auf diese Weise konnten mir mit großer Geschwindigkeit reich und wahrscheinlich auch berühmt werden. Denn eine Papageienfamilie von solcher Fruchtbarkeit, wie die unsere haben würde, hatte noch kein Mensch auf der ganzen Insel.

Bei dieser Sache war übrigens viel zu bedenken. Sollte der Käfig lackiert oder von Messing sein, und ging es an, daß alle kleinen Papageien »Lora« hießen, wie der große vom Kapitän? Diese Fragen verdienten, daß man ihnen ernstlich näher trat, und wir bedauerten sehr, nicht viel Zeit zum Nachdenken zu haben.

Wir hatten nämlich so viel mit unserem Weihnachtsliede zu tun! Nicht allein, daß wir es auswendig lernen und am heiligen Abend unserem Vater hersagen mußten: wir waren auch genötigt, das Lied abzuschreiben, und zwar so schön wie möglich. Der Bogen, auf dem geschrieben werden sollte, mußte ausgezackt oder mit einem Kranze von Rosen oder Vergißmeinnicht verziert sein, und es war nicht immer leicht, sich in dieser Hinsicht zu entscheiden. Meistens tauschten wir den gewählten Briefbogen noch etliche Male um, ehe wir anfingen, auf ihm zu schreiben, und dann kamen fürchterliche Augenblicke. Denn wenn das Lied mit unendlicher Sorgfalt und vielem Gestöhn fast ganz abgeschrieben war, dann kam »ganz von selbst« auf der letzten Seite ein großer Tintenklecks.

Wenn man ihn zuerst erblickte, und sich die Haare auf dem Kopfe vor Entsetzen sträubten, dann war man fest davon überzeugt, niemals wieder im Leben froh werden zu können. Darauf leckte man den Klecks ab, radierte ihn energisch aus, und wenn nun der Vergißmeinnichtbogen ein kugelrundes Loch mit schwärzlicher Umgebung zeigte, dann betaute man das ganze Werk mit vielen Tränen.

Nein, es ist keine Kleinigkeit, ein solches Weihnachtslied abzuschreiben, und wenn man außer dieser Arbeit auch noch Lernstunden hatte und seine Teilnahme dem Kuchenbacken in befreundeten Familien nicht entziehen durfte, so wird jeder begreifen, daß unsere Zeit vielfach in Anspruch genommen war. Am Morgen empfand man auch große Unruhe beim Erwachen. Die Gedanken überstürzten sich, und man konnte trotz dringender Wünsche erwachsener Zimmergenossen nicht wieder einschlafen.

Zuerst dachte man natürlich an das Weihnachtslied und sagte es sich leise auf. Es ging dann immer so schön, viel besser als nachher vor einem Erwachsenen – aber sehr lange beschäftigte man sich auch nicht damit.

Um die Weihnachtszeit wurden in der ganzen Stadt Schweine geschlachtet, und zwar in der frühesten Morgenstunde. Aber so nötig die frischen Würste zum Weihnachtsfeste gehörten, die Schweine trugen doch nicht gern zur Weihnachtsfreude bei. Sie weckten die ganze Nachbarschaft mit ihrem unvernünftigen Geschrei auf und konnten es niemals über sich gewinnen, ihr Schicksal etwas freundlicher zu tragen. Nun – einmal wurden sie doch still, und wir hatten sie schon vergessen; es war ja bald Weihnachten.

> *Fünfmal werde ich noch wach,*
> *Heissa! dann ists Weihnachtstag!*

Das Verschen wurde begonnen, als wir noch vierundzwanzigmal wach werden sollten: nun waren wir schon bis zur Zahl fünf gekommen, obgleich wir am ersten Dezember dachten, wir würden das Weihnachtsfest nicht mehr erleben, so lange, lange schien es noch hin. Nun kam es uns doch so vor, als könnte es möglich sein, noch fünf Tage weiter zu leben.

Dann aber! – Ach, es war kaum auszudenken, was dann kommen sollte! Wir drückten den Kopf in die Kissen und wollten so gern wieder einschlafen, da so die Zeit schneller ginge. Aber es ging nicht, und wir trösteten uns mit dem Vorsatze, heute abend recht früh zu Bette gehen zu wollen.

Es war also noch etliche Tage vor Weihnachten, und unser Wunschdokument befand sich schon in den Händen der glücklichen Anverwandten, als Jürgen und ich eines späten Nachmittags auf der Straße waren.

Irgend ein Kind unserer Freundschaft hatte die Dummheit begangen, eben vor Weihnachten Geburtstag zu feiern, und wir mußten natürlich dabei helfen. Jetzt gingen wir nach Hause und sprachen bedauernd von dem unglücklichen Geburtstagskinde, das gar nichts geschenkt bekommen hatte außer Schokolade und Kuchen, weil Weihnachten so nahe war, und dann lobten wir uns, weil wir unsere Geburtstage viel klüger eingerichtet hatten. Unser Städtchen rühmte sich keiner Beleuchtung; daher waren die Straßen sehr dunkel, und wir gingen sehr eilig: nicht daß wir bange gewesen wären – Gott bewahre! aber wir hatten uns angefaßt und sahen weder nach rechts noch nach links – bis wir plötzlich stehen blieben und vor Angst zitterten. Aus der Ferne erklang dumpfes Brummen, von eintönigem Gesang begleitet.

Was war das? Einen Augenblick dachte ich an alle Gespenster, die in unserer Stadt umgehen sollten – dann lachte Jürgen plötzlich.

»Da ziehen die Rummeltöpfe herum!« rief er, und darauf zog er mich mit sich fort, dem Geräusch entgegen. An der Straßenecke beim Bäcker stand eine Knabenschar. Ihre Gesichter waren in der Dunkelheit nicht zu unterscheiden; sie hatten aber für den Fall, daß etwa aus einer geöffneten Haustür ein Lichtstrahl auf sie hätte fallen können, auch dadurch noch einer Erkennung vorgebeugt, daß sie ihre

Köpfe mit Tüchern und sonderbaren Hüten unkenntlich gemacht hatten. Jeder von ihnen trug einen länglichen Tonkrug, dessen obere Öffnung mit festem Leder verklebt war. In der Mitte dieses Leders war ein gewachstes oder mit Pech bestrichenes Rohrstöckchen angebracht, das mit großer Geschwindigkeit auf und nieder gezogen wurde und ein dumpfes, zugleich aber sehr durchdringendes Geräusch hervorbrachte.

Zu diesem »Rummeln« sangen sie:

> *Annlischen, mak de Dören apen*
> *Und lat den Rummelpott in!*
> *Und wenn de Schipper vun Holland kümmt,*
> *Denn hett he goden Sinn!*
> *Schipper wullt du wiken,*
> *Bootsmann wullt du striken,*

Beide Ausdrücke sind etwas unverständlich, werden aber noch heute so gesungen. Das Lied stammt vermutlich aus dem achtzehnten Jahrhundert, zu der Zeit, wo die kleinen Ostseeinseln eifrig mit Holland handelten.

> *Treck de Segel op und dal,*
> *Und gif mi wat in'n Rummelpott;*
> *En, twe, dre, veer –*
> *Und wennt ok en halmen Daler wer!*

Alle Jungen hatten mit lauter Stimme gesungen, ohne sich vom Fleck zu rühren, und dabei rummelten sie so eifrig, daß es großartig anzuhören war. Als sie das Lied zu Ende gesungen hatten, stürzten sie wie auf Kommando in den Hausflur des Bäckers, um gleich darauf mit wildem Geschrei zurückzulaufen. Die Bäckerfrau schien keine Lust zu haben, ihren Wünschen nach einem halwen Daler zu entsprechen. Sie mußte schon hinter der Tür gestanden und auf die Eindringlinge gewartet haben, denn mit einem großen nassen Besen fuhr sie den Sängern ins Gesicht, und dabei schimpfte sie mit einer solchen Geläufigkeit, daß sie selbstverständlich einen glänzenden Sieg davontrug. Nach einer Minute befanden sich alle Rummeltopfbesitzer prustend und lachend in wilder Flucht auf der Straße, wahrend die Bäckerfrau siegreich auf der Schwelle ihres Hauses stand und noch lange hinter ihnen her drohte und schalt.

Jürgen und ich hatten uns den Rummlern angeschlossen; nicht allein, weil es uns wundervoll erschien, hinausgeworfen und ausgescholten zu werden, sondern weil uns auch einige Gesellen in der lustigen Gesellschaft sehr vertraut vorkamen. Wir hatten ältere Brüder und glaubten ihre Stimmen und auch einen alten Hut von Papa erkannt zu haben. Wo aber der Hut unseres Vaters war, da durften auch wir sein.

Die Rummler hatten sich durch die aufgeregte Bäckerfrau nicht abhalten lassen, einige Häuser weiter ihren Gesang wieder zu beginnen. Dieses Mal öffnete sich bald ein Fenster, ein Mann begann mit ihnen eine scherzhafte Unterhaltung, fragte, ob sie auch nötig hätten zu betteln, und reichte ihnen schließlich Gebäck und kleine Münze. Beides nahm ein Junge in Empfang, der einen großen Korb trug, und dann ging es weiter.

Jürgen und ich waren nun schon so angenehm angeregt, daß wir zum drittenmal laut mitsangen, aber diese offene Fröhlichkeit gereichte uns zum Verderben.

Jemand – seinen Namen will ich rücksichtsvoll verschweigen – trat zu uns und schickte uns mit so viel Drohungen, begleitet von sehr eindrucksvollen Püffen, nach Haus, daß wir eiligst entflohen.

»Ich will ihn verklagen!« schluchzte ich. »Er hat mich in den Arm gekniffen, und er darf doch gewiß nicht rummeln! Bürgermeisters Christian habe ich auch erkannt!«

Der Kummer, daß wir an den Freuden des Rummeltopfes nicht teilnehmen konnten, überwältigte uns eine Zeit lang. Dann kam Jürgen auf einen guten Gedanken.

Wir wollen jeder auch einen Rummeltopf haben und ganz allein damit herumgehen! Davon brauchen wir keinem Menschen etwas zu sagen!

»Wenn die Leute uns nun nichts geben, und wenn sie uns erkennen?« fragte ich zaghaft; aber mein Bruder lachte.

»Natürlich werden sie uns etwas geben, und erkennen sollen sie uns auch nicht. Wenn ich Großvaters alten Dreimaster aufsetze, der oben auf dem Boden liegt, dann sieht niemand, wer darunter steckt. Du weißt, das ist der Hut, den Großvater in der Hand halten mußte, als er in Plön zum König befohlen war. Als er nachher sitzen durfte und das Ding zwischen den Knieen hielt, weil er sonst keinen Platz dafür hatte, da kamen die Diener und brachten etwas zu essen. Und Großvater schüttete aus Versehen Heringssalat in seinen Hut, weil er meinte, es sei ein Teller. Deshalb trägt er den Dreimaster nicht mehr, ich kann ihn aber gut gebrauchen!«

Jürgens Vorschlag gefiel mir sehr gut, und da auf Großvaters Boden noch allerhand vakante Kopfbedeckungen umherhingen, so war in dieser Beziehung auch für mich gesorgt.

Viermal werden wir noch wach! mit diesem Gedanken erwachte ich am nächsten Morgen; als ich mir aber mein Weihnachtslied aufsagen wollte, da summte es mir in den Ohren:

> *Annlischen, mak de Dören apen*
> *Und lat den Rummelpott in!*

Ich mußte, ich mußte einen Rummeltopf haben; er erschien mir nötiger als der grüne Papagei mit seiner ganzen Nachkommenschaft, und ich versuchte also gleich, mir ihn zu verschaffen. Großvaters Kutscher Hinrich hatte Verständnis für die Notwendigkeit dieses Besitzes; es dauerte denn auch nicht lange, und Jürgen und ich drückten jeder einen Rummeltopf an unser Herz. Dieser Besitz machte uns nicht wenig froh, und bald hatten wir mit unserem Gesang und dem begleitenden Gerummel mehrere Erwachsene in eine so leidenschaftliche Erregung gebracht, daß sie sogar die Drohung ausstießen, uns zum Weihnachten nichts schenken zu wollen.

Da war es denn besser, die freie Natur aufzusuchen, um dann, nachdem es dämmrig geworden wäre, den ersten Straßenrundgang anzutreten. Leider geht nun nicht alles, wie man will. Gerade als Jürgen Großvaters Dreimaster gefunden und auch ich eine köstliche Mütze erwischt hatte, kam Besuch, der Jürgen zu sehen wünschte. Es war eine Tante, die ihm immer etwas mitbrachte, und in der Aussicht auf eine wohlschmeckende Gabe verschwand er mit seinem

Rummeltopf und ließ mich im Stich. Er sagte allerdings, ich sollte auf ihn warten – mein Lebtag habe ich aber nicht warten mögen, und so beschloß ich, allein mit meinem Rummeltopf auszugehen.

Wenn wir ins Freie wollten, gingen wir eigentlich immer zuerst auf den Kirchhof. Er lag mitten in der Stadt, und über ihn führte uns immer unser Weg, wenn wir vom Elternhause zu unserem Großvater gingen. Im Sommer saßen wir unter seinen großen Linden und machten Ketten aus den langen Stengeln des Löwenzahns, und mit dem Totengräber verband uns zu allen Jahreszeiten eine innige Freundschaft. Dieser hieß Kelling, und wenn wir gerade nichts besseres anzufangen wußten, dann besuchten wir ihn und sahen zu, wie er ein Grab grub oder in Ordnung brachte. Auch heute beschloß ich, ihm meinen Rummeltopf zu zeigen und ihm »Annlischen« vorzusingen, das ich viel schneller gelernt hatte als mein Weihnachtslied.

Vergnügt vor mich hinsummend, lief ich über den breiten Kirchhofweg, als ich einen Jungen erblickte, der auf einem alten Grabsteine saß. Er hatte beide Hände vors Gesicht gelegt und weinte. Nicht laut und mit Geheul, sondern leise und von Herzen. Seine Kleidung bestand eigentlich nur aus Lumpen, und er war außergewöhnlich schmutzig. Ich stand still und betrachtete ihn nachdenklich, während ich mich zugleich sehr wunderte. Denn wer konnte in dieser Zeit so traurig sein, wo man doch nur viermal noch wach zu werden brauchte, um Weihnachten zu erleben? Unwillkürlich fing ich an zu rummeln und mit halblauter Stimme zu singen:

Annlischen, mak de Dören apen
Und lat den Rummelpott in!

Der Junge hatte die Hände vom Gesicht genommen. Mit großen, tränenschimmernden Augen sah er zu mir auf, und als ich nun fortfuhr:

Und wenn de Schipper von Holland kummt –
da lachte er.

»Was lachst du?« fragte ich, mißtrauisch die blanken Tropfen betrachtend, die auf seinen schmutzigen Wangen helle Straßen gezogen hatten.

»Ich lach, weil du es nich kannst,« lautete die Antwort. »Du kannst nicht rummeln! – Deerns können so was überhaupt nich!« setzte er verächtlich hinzu.

Ich war immer gekränkt, wenn mich jemand an die betrübende Tatsache, daß ich kein Junge sei, erinnerte, und mein Mitleid mit dem weinenden Knaben schwand dahin.

»Du bist ein komischer Junge!« sagte ich. »Erst weinst du, und dann lachst du. – Worüber hast du denn geweint? übermorgen und dann noch ein Tag, dann ist Weihnachtsabend!«

»Weihnachtsabend –« er sprach mir das hochdeutsche Wort nach, dann nickte er. »Ja – der Schulmeister sagt auch so was!«

»Nun, ist denn das nichts schönes?« rief ich eifrig. »Da bekommst du etwas geschenkt von deiner Mutter!«

»Ich hab keine Mutter!«

»Oder von deinem Vater —«

»Ich hab kein Vater!«

»Du hast keinen Vater und keine Mutter?« Ich mußte mir den Jungen daraufhin noch einmal ansehen. »Hast du denn deswegen geweint?«

»Nee —,« sagte er; »da hab ich mir all lang angewöhnt. Weinen tat ich, weil ich kein Rummelpott hab' und all die andern Jungens rummeln, und ich – und ich —« ei fuhr sich mit beiden Händen in die Augen, und von neuem begannen seine Tränen zu fließen.

Ich aber sah ihn hilflos an, während ich meinen eigenen geliebten Rummeltopf fest an mich drückte, und zugleich eine bange Ahnung mein Herz beschlich.

»Ich will flink nach Hause gehen,« sagte ich hastig; aber schon stand der Junge neben mir.

»Leih mich dein Rummelpott! Kannst ja doch nix mit das Ding anfangen! Soll ich dich mal das Rummeln zeigen? So mußt du den Stock anfassen und dann rummeln, daß es knarrt!«

Er hatte mir den Rummeltopf aus der Hand genommen, und während er mit ihm einen wahrhaften Höllenlärm machte, sang er dazu mit rauher Stimme:

> *Annlischen, mak de Dören apen*
> *Und lat den Rummelpott in!*

Ehe aber der Schiffer von Holland kam, war der Sänger mit lautem Hohngelächter über den Kirchhof gelaufen und samt meinem Rummeltopf verschwunden.

Einige Minuten war ich sprachlos über das mir Widerfahrene; dann fiel mir ein, daß trotz aller schlechten Menschen doch bald Weihnachten sei, und ich ging zu meinem Freunde Kelling. Der hatte gerade ein neues Grab zugeworfen und saß jetzt vespernd auf seinem Schiebkarren. Ich klagte ihm mein Leid, und er hörte mir mit gewohnter Teilnahme zu.

»Is die Möglichkeit! Hat der Franz dich deinen Rummelpott gestohlen! Nu seh doch einer an! Ja, das ist ein wilden Jung, der allens haben will! Ich kenne ihm ganz gut. Sein Vater is auf See geblieben, und was sein Mutter war, die hab ich all lang begraben. Swindsucht. Nu is er bei die Ohlsch; Tante Horn heißt sie auch!«

»Aber er bekommt doch etwas zum Weihnachten?« fragte ich, und Kelling schnitt sich mit seinem großen Taschenmesser bedächtig ein Stück Brot ab. »Für Schenken is de Ohlsch nich,« meinte er, »und sie mag hellschen gern hauen!«

»Aber, Kelling, Weihnachten kann sie Franz doch nicht schlagen!« rief ich entsetzt; der Alte aber wischte sich den Mund und meinte achselzuckend, einige Leute bekämen auch Weihnachten Prügel.

Dann stand er auf und schaufelte noch etwas an dem Grabe herum, während ich mich auf den Schubkarren setzte und seinem Tun in Nachdenken versunken zusah.

Viermal muß ich noch wach werden, überlegte ich mir – dann kommt Weihnachtsabend. Die Lichter an den großen Bäumen werden angezündet, die Klingel ertönt, und wir dürfen in den Saal kommen. Dann liest Papa mit seiner tiefen, ruhigen Stimme das Weihnachtsevangelium vor, von der Jungfrau Maria, dem Jesuskinde und den Engeln, die da sangen: Friede auf Erden, und den Menschen ein Wohlgefallen.

Nach dem Lesen durften wir zu unseren Geschenken gehen, und wenn wir sie noch längst nicht genügend bewundert hatten, dann mußten wir unsere Lieder hersagen.

Ich blieb immer stecken, ich wußte es schon im voraus, obgleich ich mir so viel Mühe gab – aber Papa half aus. Er hatte es im vorigen Jahre so geduldig getan; auch dieses Mal baute ich auf ihn. Er hatte mich auch nicht ausgelacht, wie die anderen es wohl taten, obgleich er wohl hätte böse werden können, wo es doch sein Weihnachtsgeschenk war, das ich ihm so schlecht und so stockend aufsagte. – Franz Horn hatte keinen Vater, der ihm half, wenn er etwas schlecht machte, keine Mutter, die ihm die Tränen trocknete – er bekam nichts zu Weihnachten, höchstens Schläge.

Es war ganz dämmerig geworden; die kahlen Linden rauschten über den Gräbern, und vom Kirchturm schlug es halb fünf. In der Ferne aber sang eine trotzige Stimme:

En, twe, dre, veer –
Und wennt ok en halmen Daler wer!

Am andern Morgen, bald nach Beendigung der Schulstunden, suchten Jürgen und ich Franz Horn. Er war nicht schwer zu finden. Vor einem der elendesten Häuser des ärmsten Stadtteils glitschte er auf einem eben zugefrorenen schmutzigen Rinnstein. Dabei hielt er die Trümmer meines Rummeltopfes in der Hand und pfiff ein Liedchen.

Wir waren noch unschlüssig, ob wir ihn für seinen gestrigen Raub zuerst gemeinsam durchprügeln und ihm dann die Aussicht auf eine Weihnachtsfreude machen sollten, als Franz diesen Zweifeln ohne weiteres ein Ende machte. Er kam auf uns zu und hielt mir den zerbrochenen Topf vor die Augen.

»Das war ein slechten Rummelpott!« sagte er geringschätzig. »Konnt auch nich das geringste vertragen! Als ich mir gestern abend mit Fite Schulz prügelte, smiß ich ihn das Ding an'n Kopp, und das ging gleich twei! – So'n slechten Pott hab ich lang nich gesehen. Aber ich kauf mich heut einen neuen! Acht Bankschillings hab ich mich gestern rangerummelt und ein Berg Brot und Kuchen!«

Dieser großen Unbefangenheit gegenüber mußten wir uns nicht recht zu benehmen und fanden es also richtiger, von der Franz zugedachten Bestrafung zu schweigen. Wenn sobald Weihnachten ist, dann kann man doch überhaupt keinem Menschen lange böse sein. Deshalb bemerkte Jürgen wohlwollend, wenn Franz artig sein wollte, so schenkten wir ihm trotz seines gestrigen schlechten Betragens vielleicht etwas zum Weihnachten.

»Was denn?« fragte der Junge. Er machte den Versuch die blaugefrorenen Hände in seine Hosentaschen zu stecken; er hatte aber keine.

»Ich schenke dir vielleicht eine Hose!« sagte Jürgen. »Sie ist schwarz und weiß kariert und noch ganz fein!«

»Geht sie twei?«

»Ja, kaput wird sie wohl einmal gehen – Hosen gehen leicht entzwei!« Und Jürgen seufzte. Er dachte wahrscheinlich an das Schicksal einer Sonntagshose, die nach dem Erklettern eines Baumes auf rätselhafte Weise zerrissen war, und die ihn dann in Unannehmlichkeiten mit Mama gebracht hatte.

»Ich will dir einen Kamm und Seife schenken!« schob ich großmütig ein. »Etwas Geld ist noch in meiner Sparbüchse, deshalb wollte Mama durchaus den Schlüssel haben. Wenn ich aber ordentlich schüttle und die Ritze etwas größer mache, dann wild das Geld schon herausfallen!«

Franz hatte uns aufmerksam zugehört. Jetzt spuckte er durch die Zähne, wie die Schiffer taten.

»Eine Hose, die twei geht, will ich nich! Wenn da ein Loch ein kommt, krieg ich bloß Prügel von die Ohlsch. Da is mich mein alte lieber!«

»Abel Kamm und Seife –« sagte ich ermahnenden Tones.

»Was soll ich mit so'n Kram?«

Er sah allerdings danach aus, als wenn er den Gebrauch von Kamm und Seife durchaus nicht zu schätzen wisse, und wir mußten die Richtigkeit seiner Frage im stillen zugeben.

»Was wünschst du dir denn?« fragten wir, und Franz spuckte wieder aus.

»Ich wünsch, daß ich die Ohlsch, was mein Tante is, mal tüchtig durchneien Durchprügeln. kunnt.«

»Magst du sie denn nicht leiden?«

Er sah erstaunt aus.

»Oh – ich mag ihr wohl leiden, was sollte ich ihr nicht leiden mögen? Aber ich ärgere mir, daß sie mir immer prügelt, und ich ihr nie. Fite Schulz sagt, wenn ich groß bin, denn is die Ohlsch alt und swach geworden, denn kann ich ihr über – abers denn bin ich nich hier!«

»Wo bist du denn dann?«

»Wo ich bin? Natürlich auf See! Vater is auch auf See gefahren, und ich will auch Schipper werden! Bloß, daß es noch so lang hin ist!«

Er seufzte, hob den Kopf und sah den grauen Schneewolken nach, die vom Ostwind über unsere Insel gepeitscht wurden.

Nein, er wünschte sich gar nichts – höchstens einen Rummeltopf, der aber unter keinen Umständen entzweigehen durfte, und dann glitt er wieder auf dem gefrorenen Rinnstein entlang, pfiff schrill und ohne Melodie vor sich hin und kümmerte sich gar nicht mehr um uns. Nur als wir fortgingen, rief er uns mit einem gewissen Wohlwollen nach, daß er zu uns zum »Gratulieren« kommen wollte.

Am 23. Dezember begann das Fest der Gratulation. Unzählige alte Weiber, mit Riesenkörben an dem einen und Kindern auf dem andern Arme, wuchsen urplötzlich aus der Erde und gingen von Haus zu Haus. Woher sie alle kamen, ist mir noch heute ein Rätsel geblieben – aber sie waren da, standen in dicke Tücher gehüllt schweigend im Hausflur, und wenn man nach ihrem Begehr fragte, sagten sie, daß sie »man bloß to'n Wihnachten gratteleeren« wollten.

Ein großer Korb mit Weiß- und Rosinenbrot und eine Schale mit Kupfergeld stand schon für die Gratulanten bereit, und wir Kinder durften diese Gaben überreichen, was wir natürlich mit großem Vergnügen taten. Auch die Rummler wurden jetzt sehr dreist: sie standen nicht mehr vor, sondern in den Häusern und sangen ihr Lied auf den Vordielen. Zwischen ihnen und den gratulierenden Frauen herrschte aber, der Konkurrenz wegen, ein gespanntes Verhältnis, und wenn sich beide Teile in einem Hause begegneten, dann ging es nicht ohne Geschrei und lautes Schelten ab.

Als wir gerade einer sehr verhüllten und sehr verdrießlichen Frau ein Weißbrot und mehrere Geldstücke gegeben hatten, steckte Franz Korn den Kopf in die Haustür und brüllte:

Annlischen, mal de Dören apen!

»I, du vermaledeiten Slüngel! Willst mal nah Hus gahn!«
schrie die Alte, mit geballten Fäusten auf ihn losgehend.

Er aber schlüpfte unter ihren Armen durch und rettete sich
zu uns auf die Treppe.

»Das is mein Ohlsch!« bemerkte er mit vorstellender
Handbewegung. »Sie is doll, weil daß sie nich genug kriegt!
Nich, Tante? Abers sei man still – ich bring dich noch ein
Weißbrot mit und Geld. Die Kinners hier, die geben mich
noch was!«

Die Ohlsch schalt noch eine ganze Weile zu Franz herauf,
ehe sie sich zum Fortgehen entschloß. Daß sie in ihren
Ausdrücken nicht wählerisch war, hörten wir mit einem
Gemisch von Freude und Grauen. Franz aber nickte
zufrieden.

»Kann sie nich fein fluchen? Wie'n Schipper, ganz wie'n
Schipper! Na, nu gebt mich man zwei Bröte und nich so
knapp Bankschillinge, daß ich nach Hause kann!«

Er war, wie wir bemerkten, gar nicht bange vor seiner
fluchenden Tante und lief nachher eilfertig hinter ihr her.

Am 24. Dezember bettelte es bei uns den ganzen Tag, und
das Gratulieren zum Weihnachten nahm kein Ende. Am
frühen Nachmittage schon kochte ein Topf mit Milchreis
auf dem Herde, und unsere Köchin bereitete mit hochroten
Wangen eine Art Schmalzgebäck, das bei uns »Pförtchen«

hieß. Dann kamen die besitzlosen Hausfreunde mit Töpfen und Tellern und erhielten von allem ihr reichlich Teil.

Einige Auserwählte waren zum Essen in die Küche geladen worden, und auch für Franz Horn hatten wir eine Einladung erwirkt. Er sollte reingewaschen um fünf kommen und war schon um drei Uhr da. Sein Gesicht zeigte Spuren von Wasser und war schwarz und weiß gestreift: auch trug er Jürgens karierte Hose, mit der er sich, obgleich sie »twei« ging, wegen ihrer Taschen ausgesöhnt hatte. Darauf fing er sogleich an, Milchreis und Pförtchen in solchen Mengen zu verspeisen, daß unsere Köchin beinahe weinte. Um vier kam dann die »Ohlsch«. Dieses Mal unverhüllt, glattgekämmt und mit einem Ausdruck stillen Friedens in den harten, früh gealterten Zügen.

Wir waren überrascht, denn unseres Wissens hatte sie kein Mensch eingeladen; Franz aber bemerkte mit vollen Backen kauend: »Ich hab ihr eingeladen, weil daß sie so gern kommen wollt. Sie is ja auch mein Tante und kann fluchen wie'n Schipperknecht!«

So löffelte die Ohlsch bald still und emsig und schien sich auf langes Bleiben eingerichtet zu haben.

Jedermann weiß, daß die Zeit am Weihnachtsabend vor der Bescherung entsetzlich langsam vergeht. Zuerst will es trotz der kurzen Tage gar nicht Abend werden, und wenn die Lampen angezündet sind, dann dauert es doch noch Ewigkeiten, ehe die köstliche Glocke erschallt. Jede Gelegenheit, die Zeit zu vertreiben, wird mit Freuden ergriffen, und deshalb saßen Jürgen und ich auch auf dem

Küchentisch und suchten die nähere Bekanntschaft der Ohlsch zu machen.

Sie aß in Frieden, und unser unverwandtes Anstarren schien sie nicht zu stören. Als sie in sehr entschiedener Weise den dritten Teller Milchreis und das achte Pförtchen verlangte, da benutzten wir diese kleine Pause, um sie zu fragen, wo sie das Fluchen gelernt habe.

Sie sah uns nachdenklich an.

»Das Fluchen, Kinners? Ich fluch mein Dag nich!«

»Du fluchst nicht! Oh – gestern hörten wir es doch – und weshalb prügelst du Franz? Paß nur auf – wenn er groß ist, prügelt er dich!«

Die Ohlsch leckte behaglich die Finger ihrer linken Hand ab, die sie zum Essen benutzt hatte.

»Ich glaub nich, daß er mir prügeln wird, weil daß ich es bloß aus Liebe tue. Kinners müssen Släge haben, sonst werden sie nicht groß!«

»Aber du mußt ihn nicht so viel schlagen und auch nicht so viel schelten!«

Die Alte zuckte die Achseln.

»Wir sind ein büschen heftig in unsre Familie – da denken wir uns nix bei. Abers – sie erhob ihre Stimme und sah sich mit blitzenden Augen um – »was is das hier für'n

Wirtschaft? Köksch, wo bleibt mein Teller? Willst mir narren? Meinst, daß ich hier sitz für nix und wieder nix, und daß ich tothungern will, bei labendigem Leibe? Köksch! Wenn du mich nich flink was gibst, denn slag ich dich die Knochens in Leib twei!«

Sie gebrauchte noch einige sehr kräftige Redewendungen mehr und beruhigte sich erst, als wieder ein gefüllter Teller vor ihr stand, Franz aber sah mich mit strahlenden Augen an.

»Kann sie nich fein schelten? Ich sag, da kommt kein Mann gegen!«

Als unsere empörte Köchin mit lauter Stimme sagte, er solle nur nicht auch so »eklig« werden, lachte er verächtlich.

»Als wenn Weibers da was von verstehn!«

Wir hörten der weiteren Unterhaltung nicht mehr zu. Es hatte vom Kirchturm fünf geschlagen – nun mußte es bald klingeln! Schon waren wir, um die fieberhafte Erregung auszutoben, treppauf und treppunter gelaufen, dann hatten wir unsere Weihnachtslieder aufgesagt, wobei ich zu meiner Bestürzung bemerkte, daß ich das von Jürgen besser konnte als mein eigenes – ein kleiner Streit war auch entstanden, weil jeder voranstehen wollte beim Hineingehen ins Zimmer, und dann – ja dann klingelte es wirklich!

Es war keine Täuschung – es klingelte, wir standen ganz still und sahen uns an – war es denn wirklich möglich – durften wir das herrliche, einzige Weihnachtsfest wirklich erleben?

Da wurden wir gerufen – es kam etwas feierliches über uns; scheu und langsam traten wir näher, und dann sahen wir die strahlenden Weihnachtsbäume.

Dies ist die Nacht, da uns erschienen des großen Gottes Herrlichkeit.

Ja, dies war die Nacht, und wir, die wir diese irdische Herrlichkeit sahen, dachten immer, sie könne nur übertroffen werden von dem Tage, wo wir an die dunkeln Pforten der Ewigkeit klopfen würden, und die Tür des Himmels sich öffnen würde.

Als wir nun unter den Weihnachtsbäumen standen, kehrte unsere Fassung wieder zurück, wenn wir auch wie auf Rosenwolken gingen. Wir hörten das Weihnachtsevangelium, wir besahen unsere Geschenke, und ich hatte den grünen Papagei so total vergessen, daß seine Abwesenheit gar nicht von mir bemerkt wurde.

Mein Weihnachtslied ging sehr gut. Zweimal nur wußte ich nicht weiter, und den dritten Vers überschlug ich aus Versehen – aber ich war doch außerordentlich mit mir zufrieden, denn es hätte viel schlimmer ausfallen können.

Plötzlich befand sich Franz Horn auch im Weihnachtszimmer. Wir hatten ihn gerade holen wollen, er war aber schon ohne Aufforderung gekommen und auch ein Zeuge unserer Deklamation gewesen.

»Du kannst dein Gesang man slecht,« sagte er zu mir. »Hast dich ja woll gar keine Mühe bei gegeben!«

Ich war tief gekränkt – er aber steckte die Hände in die Taschen, und mit seinen strahlenden Augen unverwandt in die Lichter der Bäume blickend sagte er mein Weihnachtslied ohne jeden Anstoß auf und Jürgens Lied gleichfalls.

Ihn störte gar nichts – weder die ungewohnte, für sein Auge doch glänzende Umgebung, noch die fremden großen Leute, die um ihn herumstanden und ihn betrachteten. Als er geendet hatte, wandte er sich wieder zu Jürgen und zu mir.

Das hab ich in Schule gelernt und denn bei die Ohlsch aufgesagt. Sie kann die Dingers auch!

Unsere Geschenke erregten kaum seine Neugier, nur Kuchen ließ er sich gern schenken, und als sich plötzlich ein großer Rummeltopf für ihn fand, da jubelte er vor Vergnügen. Dann gingen die Ohlsch und er sehr einträchtig nach Hause, und die Prophezeiung der Köchin, daß Tante und Neffe in kurzer Zeit an den Folgen des Genusses einer schier unglaublichen Quantität von Milchreis und Pförtchen sterben würden, erfüllte sich nicht. Im Gegenteil, die Alte sah im Winter sehr frisch aus. Sie bewies unserem Hause ein dauerndes Wohlwollen dadurch, daß sie seit jenem Weihnachtsabend jede Woche einmal kam und sich Essen holte. Wenn sie nach ihrer Ansicht nicht genug bekam, schalt sie die Köchin so energisch aus, daß diese förmlich Angst vor ihr hatte.

Franz begleitete sie häufig, und wenn er sich auch manchmal noch dringend wünschte, seine Ohlsch durchprügeln zu können, so merkten wir doch, daß Neffe und Tante sich auf ihre Art sehr liebten. Der Junge wurde groß und stark – auch seine Wildheit nahm nicht ab. In der Weihnachtszeit bekam er immer einen Rummeltopf von uns, über den er sich mehr freute, als über den dabei geschenkten Anzug.

Als er eben dreizehn Jahre geworden war, war er in der Frühlingszeit ganz plötzlich verschwunden – er war, wie so viele unserer Insulaner, heimlich zur See gegangen, und zwar auf einem Schiffe, das nach England segelte.

Uns regte sein Fortgehen sehr auf. Die Ohlsch aber war sehr gleichmütig. »Er kommt all wieder,« sagte sie; »da hab ich kein Angst bei. Was sein Großvater war und sein Vater, die sind auch so weggelaufen. Das is so in die Familje. Sie kommen nach ein paar Jahrens wieder, und denn haben sie ein büschen von die Welt gesehen. Und denn wollt ich auch noch sagen, daß ich vergangen Woch gar kein Kartoffeln bei mein Essen gekriegt hab, bloß dicken Reis, was für'n labendigen Menschen nich genug is und nich wieder vorkommen darf!«

Franz kam nicht wieder, solange wir in der kleinen Stadt wohnten, und was aus ihm geworden war, wußte kein Mensch zu sagen.

»Er kommt all wieder!« sagte die Ohlsch zuversichtlich auf unsere Fragen; allmählich aber fragten wir nicht mehr nach ihm.

Dann zogen die Eltern fort aus dem Städtchen, und als ich einmal um die Weihnachtszeit wieder durch seine Straßen ging, lag die Kinderzeit hinter mir, und vieles war anders, ganz anders geworden. Äußerlich sahen die kleinen Häuserreihen aus wie früher; als es anfing dunkel zu werden, hörte ich auch den Rummeltopf brummen, das alte Lied dazu singen und die Leute lachen und schelten. Gerade so wie ehemals, und doch kam ich mir fremd vor in den dunkelnden Straßen. Da kam mir eine gebückte Alte entgegen. Sie stützte sich auf einen dicken Stock und fluchte und seufzte abwechselnd über das kalte Wetter und die schlechten Zeiten.

Es war die Ohlsch, die mich auch sofort erkannte und in ihrer bekannten dringenden Weise eine Weihnachtsgabe verlangte. Ich befriedigte ihren Wunsch, und dann fragte ich nach Franz.

Da schüttelte sie den Kopf und stieß mit dem Stock in die harte Erde. »Das is ein ganzen Dösbaddel gewesen,« sagte sie finster; »ein furchtbaren Dösbaddel! Da hab ich einen slimmen Verdruß von gehabt!«
Sie humpelte neben mir her und brauchte allerlei Kraftworte, ehe sie weiter erzählte.

»So'n verdwarsen Bengel! Daß er nach England fuhr mit Schipper Swarz, da war ja nich im geringsten was bei! Das haben sein Großvater und Vater auch getan, und was in die Familje is, das is in die Familie. Abers, er kam von Engelland nich wieder. Heuerte auf'n Schiff nach Merika und läßt mich sagen, ich sollte mir man nich um ihm quälen, was ich auch nicht tue. Denn das Seefahren is in die Familie, und in Merika sind die beiden annern auch gewesen. Und von da geht er nach Schina, wo ich auch nix gegen hatt, wenn ich auch nich weiß, wo das alte Land liegt. Abers wo in so'n slimmen Sturm der Steuermann über Bord fällt – daß Franz das einfallen muß, ihn nachzuspringen, das nenn ich ein offenbaren Unsinn! Denn er könnt sich denken, daß bei so was nix ordentliches herauskommt. So is es denn auch gewesen. Als die andern Jungens mit'n Boot kommen, kriegt Franz den Steuermann noch herein – denn abers kommt so ne greuliche swarze Welle, und von mein Jung is nix mehr zu sehen gewesen. Was mir nun nich wundert, weil daß ich das Wasser auch kenne. – Der Steuermann hat mich die Geschichte selbst auf engellisch geschrieben, und Schipper Swarz übersetzte mich das. Um Wihnachen is es auch gerade gewesen, und Franz hatte sich gerade ein Rummelpott gemacht und wollte die andre Mannschaft zeigen, wie man rummeln sollt. Nu is das allens umsonst gewesen, bloß, weil er ein dummen Jung war!«

Sie stand still und atmete schwer. Aus der Ferne klang es lustig:

> *Annlischen, mal de Dören apen*
> *Und lat den Rummelpott in!*
> *Und wenn de Schipper van Holland kümmt,*
> *Dann hett he goden Sinn!*

»Ich kann das Singen nich mehr hören!« sagte die Ohlsch. »Mein Jung, der verstand es besser – viel besser! – Er hat oft gesagt, daß er mir durchneien wollt, wenn er groß wär – hätt mir gern jeden Tag prügeln können, wenn er man bloß wiedergekommen wär!«

Schipper wullt du wiken,
Bootsmann wullt du striken,
Treck de Segel dal und op –
Und giff mi wat in'n Rummelpott;
En, twe, dre, veer –
Und wennt ok en halmen Daler weer!

So sangen die frischen Stimmen, und die Lippen der alten Frau begannen zu zittern. Aber sie wollte nicht weinen – das war wohl nicht Brauch in ihrer Familie.

»Nu« – sagte sie halblaut vor sich hin – »vielleicht nimmt uns' Herrgott meinen Jung sein Dösigkeit nicht übel – nu is doch wohl auch Wihnachten in Himmel, und vielleicht darf er da ein büschen rummeln!« – –

Ich glaube es beinahe.

Heinrich v. Kleist, Bd. 64 *Die Memoiren der Fanny Hill*, John Cleland, Bd. 65 *Die Ratten*, Gerhard Hauptmann, Bd. 66 *Die Räuber*, Friedrich v. Schiller, Bd. 67 *Die Regentrude*, Theodor Storm, Bd. 68 *Die Reisen des Baron zu Münchhausen*, Bd. 69 *Die Schatzinsel*, Robert Louis Stevenson, Bd. 70 *Die Verlobten*, Allessandro Manzoni, Bd. 71 *Die Verwandlung*, Franz Kafka, Bd. 72 *Die Verwirrungen des Zöglings Törleß*, Robert Musil, Bd. 73 *Die Waffen nieder*, Berta von Suttner, Bd. 74 *Die Wahlverwandtschaften*, Johann Wolfgang v. Goethe, Bd. 75 *Don Carlos*, Friedrich v. Schiller, Bd. 76 *Eduards Traum*, Wilhelm Busch, Bd. 77 *Effi Briest*, Theodor Fontane, Bd. 78 *Egmont*, Johann Wolfgang v. Goethe, Bd. 79 *Ein Held unserer Zeit*, Michail Lermontoff, Bd. 80 *Einsichten und Ausblicke*, Gerhard Hauptmann, Bd. 81 *Emilia Galotti*, Gottold Ephraim Lessing, Bd. 82 *Erinnerungen aus galanter Zeit*, Giacomo Casanova, Bd. 83 *Erzählungen*, Wilhelm Busch, Bd. 84 *Es waren zwei Königskinder*, Theodor Storm, Bd. 85 *Essays*, Michel de Montaigne, Bd. 86 *Franz Sternbalds Wanderungen*, Ludwig Tieck, Bd. 87 *Fräulein Else*, Arthur Schnitzler, Bd. 88 *Frühlings Erwachen*, Frank Wedekind, Bd. 89 Gedanken, Blaise Pascal,

Bd. 90 *Gefährliche Liebschaften*, Pierre-Ambroise-François Choderlos de Laclos, Bd. 91 *Gegen den Strich*, Joris-Karl Huysmany, Bd. 92 *Geschichte des Fräuleins von Sternheim*, Sophie v. La Roche, Bd. 93 *Geschichte vom braven Kasperl und dem Annerl*, Clemens Brentano, Bd. 94 *Geschichten aus dem Wienerwald*, Ödön v. Horváth, Bd. 95 *Glanz und Elend der Kurtisanen*, Honore de Balzac, Bd. 96 *Glück und Unglück der berühmten Moll Flanders*, Daniel Defoe, Bd. 97 *Götz von Berlichingen*, Johann Wolfgang v. Goethe, Bd. *98 Gullivers Reisen*, Jonathan Swift, Bd. *99 Heidis Lehr und Wanderjahre*, Johann Spyri, Bd. 100 *Heinrich von Ofterdingen*, Novalis, Bd. 101 *Hiob Roman eines einfachen Mannes*, Joseph Roth, Bd. *102 Immensee*, Theodor Storm, Bd. 103 *Iphigenie auf Tauris*, Johann Wolfgang v. Goethe, Bd. 104 *Italienische Märchen*, Clemens Brentano, Bd. 105 *Ivannhoe*, Walter Scott, Bd. 106 Jahrmarkt der Eitelkeiten, William Makepaece Thackeray, Bd. 107 *Jane Eyre*, Charlotte Brontë, Bd. 108 *Jugend ohne Gott*, Ödön v. Horvath, Bd. 109 *Jürg Jenatsch*, Conrad Ferdinand Meyer, Bd. 110 *Kabale und Liebe*, Friedrich v. Schiller, Bd. 111 *Kasimir und Karoline*, Ödön v. Horvath, Bd. 112 *Kinder- und Hausmärchen*, Gebrüder Grimm, Bd. 113 *Kleiner Mann, was nun*, Hans Fallada, Bd. 114 *König Alkohol*, Jack London, Bd. 115 *Krambambuli*, Marie Ebner-Eschenbach, Bd. 116 *Lausbubengeschichten*, Ludwig Thoma, Bd. 117 *Lavinia - Pauline - Kora*, George Sand, Bd. 118 *Leben und Lüge*, Detlev von Liliencron, Bd. 119 *Lebensansichten des Katers Murr*, ETA Hoffmann, Bd. 120 *Lenz. Der hessische Landbote*, Georg Büchner, Bd. 121 *Lieutenant Gustl*, Arthur Schnitzler, Bd. 122 *Lord Jim*, Joseph Conrad, Bd. 123 *Luise*, Johann Heinrich Voß, Bd. 124 *Madame Bovary*, Gustave Flaubert, Bd. 125 *Märchen*, Wilhelm Hauff, Bd. 126 *Maria Stuart*, Friedrich v. Schiller, und vielemehr